Esther Kiara de Angelo

Esthers Gute Nacht Geschichten
Erotische Kurzgeschichten

AF286554

Alle Personen und Geschehnisse dieses Romans
sind frei erfunden. Ähnlichkeit mit lebenden
Personen und tatsächlichen Geschehnissen wäre rein
zufällig.

2. Auflage
Copyright © 2009 by Esther K. De Angelo, Völklingen
Outside79@gmx.de
Covergestaltung by Esther K. De Angelo
Herstellung und Verlag:
Books on Demand GmbH, Norderstedt

ISBN: 978-3-8391-0237-4

Inhaltsverzeichnis:

Zusätzlich enthält dieses Buch noch einen Auszug meines noch nicht erschienen Romans

Meine Herrn und ich -
Die erotische Erzählung 2

I. Esther und Melanie

Melanie und Esther sind zwei BWL-Studentinnen im ersten Semester. Sie teilen sich eine Wohnung etwa fünf Minuten von der Lehranstalt entfernt. Es ist Freitag und ausgerechnet der Plan für den letzten Tag der Woche sieht vor, dass die beiden bis 18 Uhr abends an der Uni sein müssen. Es ist Dezember, genauer gesagt der 22. des Monats. Draußen sind es etwa drei Grad und es schüttet wie aus Kübeln, als die zwei hübschen 19-jährigen das Unigebäude verlassen.

»Das auch noch!«, jammert Melanie, der es heute schon den ganzen Tag nicht sehr gut geht.

Sie ist etwa 1,75 Meter groß, wiegt zirka 63 Kilo und hat lange, dauergewellte, braune Haare. Ihre Mitbewohnerin Esther ist etwas größer, hat lange, blonde Haare, grüne Augen und ist etwa 65 Kilogramm schwer. Dreimal in der Woche begeben sich die beiden Damen ins Fitnesscenter, treiben an der Uni Kampfsport und genießen zweimal in der Woche die Sauna neben ihrem Studentenwohnheim.

Mel trägt heute eine blaue, enge Jeans, weiße Turnschuhe, ein blaues T-Shirt und eine beige Lederjacke. Ihre Freundin kleidet sich am heutigen Tag mit einer weißen Bluse, einer schwarzen Jeans und Sportschuhen.

Wegen des schlechten Wetters haben es die beiden Freundinnen besonders eilig nach Hause zu kommen.

Als sie ihre gemeinsame Wohnung betreten sind sie völlig durchnässt.

Bei Esther, die Körbchengröße 75d hat, schimmern die spitz nach oben stehenden Brustwarzen durch das weiße Oberteil, da sie grundsätzlich keine Büstenhalter trägt.

»Ich geh direkt unter die Dusche.«, bemerkt Mel.

»Dann beeil dich aber! Ich will auch so schnell wie möglich eine heiße Dusche nehmen.«, entgegnet die Blondine.

Während sie dies äußert, sieht Melanie mit ihren leuchtend blauen Augen ganz tief in die ihrer gegenüber.

»Wieso duschen wir nicht gemeinsam?«, fragt die Brünette verschmitzt lächelnd.

Etwas überrascht schaut Esther zu der anderen rüber. Nach ein paar Sekunden muss sie laut lachen.

»Das meinst du doch nicht ernst, oder?«

»Wieso denn nicht?«, fragt Melli und fährt ihrer Freundin durchs nasse, blonde Haar.

Esther ist etwas verunsichert.

»Du spinnst doch! Das können wir doch nicht machen!«

Sie sieht Melanie an und erwartet eine Reaktion auf ihre Bemerkung, aber es kommt zuerst mal keine.

»Wieso denn nicht?«, beginnt die Brünette, »Hast du noch nie die Fantasie gehabt mal mit einer Frau zu duschen? Ihr den Rücken einzureiben und ihre weichen, runden Brüste mit einem Stück Seife zu berühren!?«, fährt sie nun in einem hocherotischen Ton fort.

Sie greift nach der linken Hand der jungen Frau. Esther lacht erneut.

»Nein, habe ich noch nicht!«, sagt sie.

»Ich habe das schon mal gemacht! Im letzten Jahr!«, sagt Melli.

»Echt!? Mit wem?«, erkundigt sich die andere.

»Mit Saskia! Die war bei mir in der Klasse.«, beginnt sie ihre Geschichte, während die beiden in Esthers Schlafzimmer gehen und sich auf deren Bett setzen. »Wir haben damals ein klein wenig experimentiert.«

»Klingt ja geil!«, erwidert Esther, »Was habt ihr denn gemacht?«

»Oh ja, das war es auch. Wir waren bei ihr zu Hause und hatten Currywurst gegessen. Mir ist meine Schale aus der Hand gefallen und das ganze Zeug landete auf Sassys Beinen. Wir sind ins Bad gegangen und sie fing an ihre schönen, schlanken, anscheinend niemals endenden Schenkel zu säubern. Der Anblick dieser schönen Beine hat mich total erregt. Als ich ihren Körpergeruch wahrnahm, wurde ich richtig feucht zwischen meinen Schenkeln.«

Esthers Augen werden mit jedem Wort, das über den volllippigen Schmollmund ihrer Freundin kommt, größer. Sie geht etwas näher an Melli heran und lauscht der Erzählung der anderen Frau gespannt weiter.

»Ich begann ihre Beine zu streicheln. Sie trug an diesem Tag einen kleinen, roten Ledermini, ein weißes, viel zu enges Top und einen weißen Spitzentanga. Sie sah zu mir runter und sagte: „Komm, küss meine Beine – bitte!" Ich näherte meinen Kopf an ihre Schenkel, ohne groß darüber nachzudenken. Langsam begann ich sie zu küssen. Ich fing bei den Knien an und arbeitete mich langsam zu ihren Schenkeln hoch, während Sie durch mein Haar streichelte.«

Esther sitzt nun unmittelbar neben der Brünetten.

»Und dann?«, fragt sie neugierig.

»Als ich am Bund ihres Rockes ankam, zog sie mich langsam an meinen Haaren hoch. Sie war etwa zehn Zentimeter größer als ich. Ihr gut proportionierter Körper schien endlos. Ich sah ihren tollen Bauchnabel und ihre genau richtig gebauten Brüste auf dem Weg zu ihrem Erdbeermund. Sie zog mich an sich heran und gab mir einen Zungenkuss. Ganz tief steckte sie ihre Zunge in meinen Mund und danach widmete sie sich dann meinen Brüsten. Ich trug damals keinen BH. Sofort stellten sich meine Nippel. Sie zog mir mein T-Shirt aus und begann an meiner linken Brust zu saugen. Dann wechselte sie zu der anderen. Etwas später gab sie mir erneut einen Zungenkuss. Während sie das tat, griff sie mit ihrer linken Hand unter meinen Mini. Nun wollte ich sie auch berühren, wofür ich ihr das Top auszog. Ich sah, wie ihre festen Brüste hierbei etwas nachwippten. Das war das Erregenste, was ich bis dahin gesehen hatte. Ihre kleinen Höfe und diese tollen, großen Brustwarzen - über die ich mich sofort hermachte. Sie begann zu stöhnen. „Komm beiß mich", sagte sie völlig erregt und ich tat es. Zuerst knabberte ich an der linken und dann an ihrer rechten Brust. Währenddessen hatte sie mein Höschen etwas nach unten gezogen. Dann begann sie meine feuchte Muschi mit einem Finger langsam zu streicheln. Mein Herz begann zu rasen. Kurz darauf startete ich damit ihren Hals zu liebkosen. „Oh ja!", stöhnte sie, während ich ihr hier kleine, runde Knutschflecken entstehen ließ. Danach steckte sie einen ihrer Finger in meine feuchte Spalte. Ich konnte nicht anders. Ich begann laut zu stöhnen. Und je lauter ich wurde, desto schneller bewegte sie ihn in mir hin und her. Ich hielt mich an ihrer Schulter fest und knutschte sie immer doller an ihrem Hals. Etwas später nahm sie einen zweiten Finger hinzu, woraufhin meine kleine Pflaume auszulaufen begann. „Moment!", sagte sie, bückte sich und fing an meinen Saft von meiner Muschi zu saugen. Hierbei entdeckte ich zum ersten Mal den Spiegel, der uns gegenüberstand. Hier sah ich, wie dieses Prachtweib vor mir kniete. Ich erblickte ihren süßen Po. Ich war nun im siebten Himmel. „Steck mir deine Zunge rein", flehte ich. „Ich habe eine bessere Idee", erwiderte sie. „Leg dich auf den Boden." Ich tat es. „Mach die Beine breit!", bat sie. Dann nahm sie ihre vier Finger der linken Hand und schob sie langsam in mein Paradies. So ein Gefühl, wie in diesem Moment, hatte ich noch nie erlebt. Noch nie zuvor war ich so ausgefüllt gewesen. Ich sah ihr ins Gesicht und mit meinen Händen hielt ich ihren Arm, damit sie ihre Finger ja nicht aus mir herausnahm, bevor ich meinen Höhepunkt erreicht hatte.

Immer wieder bewegte sie ihre Hand in mir hin und her und her und hin. „Schneller! Komm, mach schon!", flehte ich. „Ja, komm, mach schneller." Ich spürte nun, dass es gleich soweit sein wird. „Mach schneller!", stöhnte ich. „Hör nicht auf! Komm schon, mach es mir!" Und kurz darauf überkam mich eine riesige Orgasmuswelle, wie ich sie noch nie erlebt hatte. Es schien gar nicht mehr zu enden. Ich schrie vor Lust. „Ja, komm! Lass es raus!", unterstützte sie mich und ich stöhnte immer lauter. Die Zeit schien stillzustehen. Solche Gefühle hatte ich noch nie erlebt.

Als ich meinen Höhepunkt hatte, legte ich meinen Kopf erschöpft auf den Boden. Ich war völlig aus der Puste. Langsam nahm sie lächelnd ihre Hand aus mir heraus und gab mir sanfte Küsse auf meine Lippen. Den Muschisaft an ihrer Hand verteilte sie auf meinem Bauch. Dann zog sie sich ihren Rock aus und legte sich mit ihrem Rumpf auf den meinen, rieb ihren Köper auf mir und begann mich zärtlich am Hals zu liebkosen. Meine Hände griffen um ihren kleinen Apfelpo. Ich streichelte ihn. „Zwick mich", forderte Saskia. Etwas zaghaft begann ich es zu tun. „Fester du geiles Stück!", sagte sie lächelnd. Ich tat es. Daraufhin gab sie eine Art erregtes Quieken von sich. „Fester - noch viel fester!", verlangte sie weiter und ich gehorchte. Nun begann sie laut zu stöhnen und ich packte fest an ihre Backen. Sie begannen rot zu werden, so fest griff ich zu. Sie öffnete dann ihren Mund und ließ etwas von ihrer Spucke auf meine linke Wange laufen. „Siehst du, ich bin ein versautes, böses Mädchen!", hauchte sie mir entgegen. Ich grinste und nickte. „Schlag mich!", befahl sie mir und leckte gleichzeitig ihre Flüssigkeit wieder von meiner Wange ab. „Du sollst mich schlagen, hab ich gesagt." Ich tat es zaghaft, da ich nicht wusste, wie fest sie es haben wollte." Fester!", sagte sie, „Viel fester, ich brauch das! Na los, schlag mich richtig fest!"

Also holte ich aus und es gab ein richtig lautes Geräusch, als meine Hand auf ihrem Po aufprallte. Sofort begann sie laut zu stöhnen. „Noch mal - und viel fester!", forderte sie. Ich tat es. Erneut schrie sie ihre Lust heraus. Insgesamt schlug ich sechsmal auf jede ihrer Pobacken und sie wurde mit jedem Kontakt geiler. „Hmm - du bist gut, Melli!", lobte sie mich. Immer wenn meine Hand ihren Hintern traf, wippten ihre Brüste gegen die meinen und wir züngelten, was das Zeug hielt. Noch immer schlug ich auf ihr Hinterteil, dann sagte sie: „Los, komm mal mit." Sie stand auf, griff meine Hand und zog mich hoch. „Wir gehen jetzt ins Bad." Als sie vor mir herrannte, konnte ich sehen, dass ich ihre beiden Backen feuerrot geschlagen habe. „Tut das nicht weh?", erkundigte ich mich. „Doch, aber das ist ein geiler Schmerz!", sagte sie lachend.

Als wir im Bad ankamen, es ist eines mit einem weiß gefliesten Fußboden gewesen, stellte sie sich vor mich, machte die Beine weit auseinander und drückte meinen Kopf nach unten. „Leck mich!", befahl sie. Sofort ging meine Zunge an ihre Schamlippen. Sie begann zu stöhnen. Etwa eine halbe Minute lang, ließ ich meine Zunge durch ihre feuchte Grotte wandern. Dabei griff ich mit meinen beiden Händen nach ihren Pobacken und rieb sie. Die waren immer noch ganz warm von den Schlägen, die ich ihr verpasst hatte. „Gleich.", stöhnte sie. „Gleich - ja, ja." Ich dachte sie würde bereits kommen, aber das, was da kam, war etwas,

was ich vorher auch noch nie beim Sex erlebt hatte. „Ja, ja - jjjjetzt", stöhnte sie und plötzlich verspürte ich eine warme Flüssigkeit, die zum Teil in meinen Mund lief und zum Teil daran vorbei, über mein Gesicht, hin zu meinem Hals, über meine Brüste, den Bauch, hinunter zu den Beinen und dem Boden. Ich war sofort begeistert. Der warme Natursekt, der direkt aus ihrem geilen Körper auf mich herunterlief, ließ mich erneut geil werden. So leckte ich sie weiter. Ich versuchte soviel ihres heißen, gelben Strahls in mich aufzunehmen, wie ich konnte. Dann überkam es mich auch. Ich strullerte einfach auf den Boden. Saskia beobachtete dies mit Freude und bezeichnete mich als geile, perverse Kuh, was mir im konkreten Fall sehr schmeichelte. Meine linke Hand wanderte währenddessen an meine pullernde Muschi. Noch nie zuvor hatte ich meinen eigenen Natursekt angefasst. Es war herrlich. Es machte mich so geil, als hätte ich nicht erst vor fünf Minuten meinen letzten Höhepunkt gehabt, sondern vor fünf Jahren. Dann versiegte ihr warmer Strahl. Sie beugte sich zu mir herunter. „Hat dir das gefallen, meine Süße?", fragte sie und schob mir ihre Zunge in den Hals. Ich grinste und nickte. Dann legte sie sich mit dem Rücken auf den Boden - mitten hinein - in die Pisse. Sie verrieb sie auf sich, dann drehte sie sich um und tat dasselbe mit ihrer Vorderseite. Dabei stöhnte sie lustvoll: „Ist das geil!". Danach nahm sie mit ihrer rechten Hand etwas Urin auf und ließ ihn sich in den Mund laufen. Beinahe hätte ich bereits vom Zusehen einen Höhepunkt bekommen.

Da entdeckte ich eine große, runde Haarbürste mit einem dicken, silbernen Griff. Ich nahm ihn in die linke Hand und ging mit meinem Kopf an ihren Hintern, den ich sanft küsste. Dann brachte ich sie in die Hündchenstellung. „Was tust du da?", fragte Saskia neugierig. „Ich hab da auch ein paar ganz geile Ideen!", sagte ich grinsend, nahm den Griff von dem Kamm in den Mund und steckte ihn ihr danach in ihre feuchte Vagina. „Oh ja!", hauchte sie. „Tiefer - oh ja!", fuhr sie fort. Und ich steckte ihr das Ende des Gegenstandes immer tiefer in ihr feuchtes, auslaufendes Loch. Mit ihrem Oberkörper badete sie weiter im Natursekt. Immer wieder ließ sie ihre Brüste darin versinken. Dann kam mir eine noch bessere Idee. Während ich sie weiter mit dem Kamm einem Höhepunkt näherbrachte, griff ich mit der anderen Hand nach einer Hautcreme, die da herumlag. Ich schmierte mir einen Finger damit ein und steckte ihn danach in ihren Arsch. „Du Sau!", schrie sie erregt. Dann krümmte ich meinen Finger in ihr. „Oh ja, das ist geil, mach weiter!", bat sie. „Warte mal!", sagte ich und nahm den Kamm aus ihrem feuchten Paradies. „Gib mir mal eine von deinen Händen!", bat ich Saskia. Sie gab mir ihre rechte. Ich führte drei ihrer Finger in sie ein und den Kamm, den ich währenddessen mit der Creme bearbeitet hatte, führte ich in ihren Po ein. „Boah, ist das geil, mach weiter!", lobte sie mich. Und ich tat es. Immer schneller bewegte sie ihre Finger und ich tat es ihr mit meinem speziellen Freudenspender gleich. Sie war nun kurz davor zu kommen. Immer lauter schrie sie ihre Lust heraus, bis sie dann mit heftigen Unterleibsbewegungen ihren Höhepunkt sichtbar machte. Beinahe hätte ich den Kamm nicht mehr richtig halten können, so kam es meiner Freundin. Sie wackelte eine ganze Weile herum, bis sie dann in den Natursekt niedersank. „Oh man, war das eine Nummer!", stellte sie erschöpft fest.

Dann platzierte ich mich neben ihr auf dem Boden. Wir lagen beide auf dem Bauch und sahen uns an. Danach mussten wir lachen. Wir küssten uns. „Und wer macht hier die Sauerei wieder sauber?", fragte ich, woraufhin sie begann mit ihrer Zunge über den Boden zu lecken. Dann sagte sie: „Das machen wir später sauber! Jetzt duschen wir zuerst mal!" Wir standen beide auf und stellten uns in die Kabine.«

»Und was ist dann passiert?«, fragt Esther.

»Das würde ich dir gerne live zeigen!«, sagt Melanie schmunzelnd, nähert ihr Gesicht dem ihrer Freundin und beginnt damit ihr die Wange zu küssen.

Immer wieder berührt Sie ihre Kommilitonin ganz kurz. Diese lächelt.

»Ist das wirklich so toll?«

»Ja, das ist es!«, haucht Melli ihr entgegen und leckt nun die Wange der Blondine.

»Na gut!«, sagt Esther und die sie gehen ins Bad.

Vor der Dusche angekommen, entkleiden sich die zwei Schönheiten.

»Ich bin ein bisschen nervös!«, sagt die Blondine.

»Das legt sich.«, entgegnet die andere und streichelt die Schultern der Freundin.

Dann küsst sie deren Hals. Esther beginnt zu stöhnen. Nun besteigen beide die Duschwanne. Melanie greift nach dem Duschkopf, dreht das Wasser auf und beginnt Esther zu waschen.

»Zuerst deine tollen Brüste!«, beginnt sie, »Dann deinen sexy Bauchnabel. Danach kommt dein schönstes Teil dran!« Sie hält den Kopf nun an die Vagina der Blondine. Sofort beginnt Esther Laute der Erregung von sich zu geben. Sie umarmt Mel. Dann geben sich die beiden heiße Zungenküsse. Esther umarmt die andere und fordert sie auf weiterzumachen.

»Das ist so gut!«, haucht sie ihrer Kommilitonin total erregt entgegen.

Melli lächelt:

»Habe ich's dir nicht gesagt? Nur Frauen wissen, was Frauen wirklich wollen!«

Nun greift Esther der Freundin ihrerseits zwischen die Beine. Melli lässt den Duschkopf fallen und steckt zwei ihrer Finger in die Muschi der jungen Frau. Sie machen es sich nun gegenseitig. Immer schneller, immer tiefer bewegen sie ihre Hände. Dabei sehen sie sich tief in die Augen. Immer lauter werden die lustvollen Geräusche der beiden. Hin und wieder geben sie sich intensive Zungenküsse.

»Ja, komm, mach schon, schneller, tiefer!«, fleht Esther, »Los, mach schon.«

»Ja, ich mach`s dir, du kleine Sau«, stöhnt Melli.

15

Nun nimmt diese noch den dritten und vierten Finger hinzu. Sofort schreit Esther ihre Lust laut heraus.

»Oh ja«.

Dann krallt sie sich an ihrer Freundin fest. Sie ist jetzt kurz vor ihrem Höhepunkt. Sie hört auf Melli zu streicheln. Die Blonde küsst Melanie. Immer wieder berühren ihre Lippen den Hals und die Wangen der Brünetten.

»Hör nicht auf, oh ja, komm schon, ich bin so geeeil! Oh ja, komm schon, gleich, gleich, glei … oooh«, stöhnt sie immer wieder, als sie sich auf dem Weg zu ihrem Orgasmus befindet.

Als sie nun ihren ersten gleichgeschlechtlichen Höhepunkt erreicht, fühlt sie sich wie im siebten Himmel. Ein gigantischer Orgasmus, wie sie ihn nicht mal beim Masturbieren erlebt hat, spürt sie nun langsam aber gewaltig in sich hochkommen. Sie krallt sich an Mel fest.

»Ja, ja – jetzt!«

Melli bewegt ihre vier Finger immer schneller. Esther wird etwas wackelig auf den Beinen, als sie nun endgültig ihren Höhepunkt erreicht.

Melanie lässt ihre Finger nun etwas langsamer in ihrer Freundin hin und her gleiten, bis sie diese nur noch in der Vagina der Kumpanin verweilen lässt. Sie sehen sich an. Esther beginnt zu lächeln.

»Das war der absolute Hammer!«, lobt sie ihre brünette Kommilitonin.

Melanie grinst ebenfalls. Esther umarmt sie und sie küssen sich gut eine halbe Minute lang. Immer wieder lassen die beiden ihre Zungen miteinander spielen.

»Jetzt bist du aber dran, meine liebe Mel!«

»Okay!«

»Komm, knie nieder! Ich habe da was ganz besonderes für dich!«

In freudiger Erwartung kniet sich die Brünette vor die Vagina der anderen. Sie streckt ihre Zunge raus, und dann beginnt Esther zu pissen. Sofort schiebt Melli ihren Mund ganz dicht an die Quelle der Blonden. Sie schluckt alles, was da kommt.

»Schmeckt`s?«, erkundigt sich die Spenderin.

»Oh ja, sehr gut!«, antwortet sie.

Nun lässt Melanie ihren Mund volllaufen und spuckt den Natursekt auf den Bauch von Esther. Diese lächelt:

»Das ist herrlich warm!«

»Ja.«

Dann versiegt die warme Quelle. Melanie leckt sie sauber.

»Jetzt wirst du gewaschen.«, sagt Esther mit leuchtenden Augen, während sie Melanie umdreht.

Diese steht nun mit dem Rücken zur anderen. Sie nimmt die Seife und beginnt ihr von hinten her den Oberkörper einzureiben.

»Zuerst die eine und dann die andere Seite.«, sagt sie.

Melli lacht.

»Ja, mach sie schön sauber, meine beiden Prachthügel.«
Dann wandert das Stück Lauge weiter nach unten zur
Scheide der jungen Frau.

»Jetzt wird es schön!«, bemerkt Esther und beginnt damit
die Seife über Mellis empfindlichste Stelle zu reiben.

Mel stöhnt. Dann wird die Seife ein kleines Stück weit
eingeführt. Melanie schließt ihre Augen und genießt es.
Einen Finger ihrer anderen Hand steckt Esther nun ganz
vorsichtig in die Analöffnung der 19-jährigen.

»Was machst du denn, du Sau?«, fragt Mel schwer atmend.

»Ich nehm dich jetzt von hinten und von vorn. Wie du`s
verdient hast!«

Sie bewegt den eingeführten Finger nun ein bisschen hin
und her. Mel beginnt zu zucken.

»Das ist so toll. Nimm noch einen.«

Esther tut dies. Die Brünette greift nun nach der Seife und
wirft sie in die Duschwanne.

»Sauber genug. Es wird Zeit, dass du wieder dreckig
wirst!«, haucht sie.

Die Blondine küsst zärtlich den Nacken der anderen, die
nun drei ihrer Finger in ihre eigene Scheide einführt.

»Tu es ganz langsam und zärtlich«, bittet die Studentin.

»Okay, mein Schatz. Ich tu alles, was du sagst.«, entgegnet
die Blonde.

Sie beginnt nun damit Melanie an beiden Unterleibs-
öffnungen gleichzeitig zu verwöhnen. Diese lässt ihre
Zunge vor Geilheit über ihre eigenen Lippen wandern.

»Komm nach vorne!«, fordert Mel.

Esther entfernt ihren Finger aus dem Po der Freundin und geht nach vorne. Mel küsst sie.

»Und jetzt mach es mir ganz schnell.«

Esther kommt dem Wunsch der anderen nach. Diese schreit ihre Lust nun Himmel hoch jauchzend raus. Sie stöhnt so laut, dass die Blondine ihr ihre eigenen Finger in den Mund steckt, damit die Nachbarn nicht gleich an die Decke oder an die Wand klopfen. Dann kommt die Brünette. Sie verdreht die Augen und Esther feuert sie an:

»Ja, komm, los, schrei es raus, lass dich gehen!«

Und Melanie kommt diesem Wunsch nach. Sie schreit so laut es ihre Stimmbänder hergeben. Es kommt Esther so vor, als würde sie gar nicht mehr aufhören. Dann nimmt sie tief Luft:

»Puh, war das geil!«, stellt sie fest, grinst und küsst ihre Geliebte.

Sie greifen sich gegenseitig an die Pobacken und reiben diese.

»Das müssen wir unbedingt wieder mal machen!«, erklärt Esther.

»Ich bin froh, dass du meine Mitbewohnerin bist!«, entgegnet die Brünette.

»Wir werden eine geile Zeit miteinander verbringen!«, fügt die andere hinzu und sie geben sich erneut Zungenküsse.

Dann trocknen sie sich gegenseitig ab, packen ihre Sachen, steigen in ihre Autos und fahren zu ihrem jeweiligen Elternhaus, wo sie die Weihnachtsferien verbringen.

II. Conny

Conny ist eine überdurchschnittlich intelligente, 18-jährige Biologiestudentin. Um sich von dem schweren Studium zu erholen, besucht sie öfter mal einen der zahlreichen Sexchats, die es gibt. Hier lernt sie eine große Anzahl mehr oder minder perverser Leute kennen, mit denen sie sich dann verabredet. Sie ist ein perverses Luder, das gerne mal Tabus bricht, und Dinge tut, die andere, gleichaltrige Menschen, als abartig bezeichnen würden. So gefällt es ihr zum Beispiel sehr gut, wenn ihr Nachbar Egon gelegentlich am Wochenende mal mit seinem Schäferhund bei ihr vorbeischaut. Nicht aber, weil sie es mit dem Hund treiben möchte. Conny gefällt es, wenn sie sieht, dass der Hund ihnen beim Geschlechtsverkehr zuschaut.

Auch gleichgeschlechtliche Sexualpraktiken und perverse Rollenspiele sind der jungen Frau nicht fremd. Am besten findet sie Situationen, in denen sie die Untergebene eines „Chefs" oder einer anderen Frau spielt. Nebenbei jobbt Conny als Model für eine große, deutsche Kaufhauskette. Hier ist sie häufig bei den Bademoden und den Kleidern für Teenager im Alter von 14 bis 16 Jahren zu sehen. Ermöglicht wird dies durch ihren jungenhaften Körper und ihr sehr jugendliches Gesicht. Sie ist etwa 1,55 Meter groß, wiegt nur etwa 45 Kilo und trägt Büstenhalter in Größe 65a.

Außerdem hat sie braune Augen und schulterlanges, braunes Haar. Typisch weibliche Körperformen, wie zum Beispiel eine schmale Taille, ein breites Becken und einen schönen Apfelpo sucht man bei ihr vergebens. Ihr Körper ist wie ein Eisenträger geformt, wenn man mal von ihren kleinen, nach vorne stehenden Brüsten absieht.

Heute lernte sie im Chat die 60-jährige Hilde kennen, die es liebt, junge Mädchen zu verwöhnen. Sie beschreibt sich als 1,70 Meter große, 98 Kilogramm schwere Frau. Nackt würden ihre Brüste etwa bis zu ihrem Bauchnabel herunterhängen und ihre Wampe würde sich, wenn sie sitzt, in zwei große Ringe aufteilen, die ebenfalls in der Höhe des Nabels getrennt sind. Ihre Schamhaare wären normalerweise abrasiert, aber im Moment würden die schwarzen Härchen gerade wieder etwas nachwachsen. Ihre Brustwarzen und Höfe seien für eine Frau mit so großen Brüsten, wie sie sie ihr Eigen nennt, eigentlich normal groß. Sie habe kleine Schamlippen, die durch ihre mächtigen Oberschenkel auch dann verdeckt sind, wenn sie die Beine, soweit sie kann, auseinander streckt. Ihre Haare hat sie rot gefärbt. Seit gut 40 Jahren ist die 60-jährige mit ihrem Mann Heinz verheiratet. Aus dieser Ehe sind zwei Kinder entstanden. Ihr Sohn Manfred ist ein 33-jähriger Bankkaufmann und ihre Tochter Margit ist 28. Oft hatte sie sich früher vorgestellt, wie es wohl wäre, wenn sie es mit ihrer Tochter treiben würde. Da dies aber vom Gesetzgeber her verboten ist, hatte sie das nie getan. Da sie diesen Trieb aber trotzdem ausleben möchte, versucht sie sich über Chats und Kontaktanzeigen an junge Mädchen, in Connies Alter, ranzumachen.

Heute hat sie also die junge Biologiestudentin getroffen. Nach einer kurzen Absprache, was die beiden nun wollen, verabreden sie sich abends in Connies Wohnung. Diese hat allerdings verlangt, dass Hilde sie nicht als ihre Tochter bezeichnen darf. Als die junge Frau der älteren ein Foto von sich geschickt hat, kam direkt die Frage, wie alt sie denn sei. Conny ließ Hilde raten. Diese schrieb zurück, dass sie glaubt, dass Conny noch minderjährig sei, etwa fünfzehn. Die Studentin verriet der Mutter ihr wahres Alter und so sagte diese einem Treffen mit der kleinen Frau zu.

Etwa eine halbe Stunde später klingelt Hilde an Connies Tür.

Als die junge Frau öffnet, trägt sie ein weißes, enges Top, durch das man die Rippen der Studentin erkennen kann. Des weiteren hat sie auch keinen BH an, sodass ihre kleinen Brustwarzen durchschimmern. Unten herum trägt sie eine, bis zur Hälfte der Oberschenkel reichende, Sporthose. Darunter befindet sich kein Höschen und ihre Füße hat sie mit löchrigen Socken bekleidet.

Hilde trägt Kleidung, die für eine Frau ihres Alters angemessen ist. Eine rote Bluse und einen weißen BH, der die stark hängenden, großen Brüste gerade noch so in Form halten kann. Dazu hat sie eine beige Seidenhose angezogen.

Darunter hat sie sich mit einem großen, weißen Slip und einer braunen Strumpfhose gekleidet.

Conny bittet die ältere Frau in die Wohnung einzutreten. Sie setzen sich im Wohnzimmer auf die rote Ledercouch. Hilde legt ihren linken Arm auf die Schulter der kleinen Frau, die direkt neben ihr sitzt.

»Dies ist also deine Studentenbude!«, beginnt Hilde das Gespräch.

»Ja«, entgegnet die 18-jährige.

»Hast du schon öfter solche Treffen gehabt?«, erkundigt sich die Dicke.

»Nein, das ist heute das erste Mal.«, lügt Conny.

»Aha!«, freut sich Hilde und streichelt den Nacken des Mädchens.

Die junge Frau legt nun ihren Kopf auf deren rechte Brust.

»Du bist so herrlich weich, wie ein Schmuseteddy.«, schwärmt die Studentin.

»Möchtest du meine Titten mal anfassen?«

»Gerne!«, erwidert die 18-jährige.

Hilde öffnet ihre Bluse und nimmt ihre rechte Brust aus dem Körbchen. Conny muss den mächtigen Busen mit zwei Händen greifen. Dann beginnt sie an dem Nippel zu saugen.

»Das fühlt sich so geil an. Saug fester!«, bittet die Alte und streichelt der Studentin durchs Haar.

Diese setzt sich nun auf den linken Oberschenkel ihres Gastes. Dann küssen sie sich. Ganz tief steckt Hilde ihre Zunge in den Mund ihrer Partnerin. Sie züngeln etwa eine halbe Minute miteinander, dann erkundigt sich die rothaarige Frau:

»Willst du mir auch mal deine Brüste zeigen?«

Conny grinst und sagt:

»Bedien dich!«

Gesagt - getan. Schon liegt das Oberteil der jungen Frau auf dem Boden. Diese rückt nun näher an die Mutter heran.

»Die sind so schön!«, bemerkt Hilde und streichelt mit fasziniertem Blick die kleinen, kaum vorhandenen Hügelchen des Mädchens.

Sie streichelt die beiden abwechselnd mit ihrem Zeigefinger.

»Deine Nippelchen werden ja schon hart.«, freut sich die Alte.

»Du machst mich ja auch total geil!«, bemerkt Conny.

Nun beginnt die Rote ihrerseits an den winzigen Brustwarzen zu saugen. Conny stöhnt:

»Das fühlt sich toll an.«

»Hat das denn noch nie jemand bei dir gemacht?«

»Nein - - hör nicht auf! Mach weiter!«

Die Alte tut es.

Während diese sich also mit den Nippeln der Studentin befasst, beginnt diese ihre Muschi auf dem dicken Oberschenkel, auf dem sie sitzt, zu reiben. Dabei werden ihre Laute immer gefühlvoller und schneller.

»Du bist ja eine ganz scharfe Stute!«, sagt Hilde.

»Du hast mich total geil gemacht!«, entgegnet die Junge.

»Komm, leg dich mal mit dem Rücken auf die Couch.«, sagt die Dicke und wartet darauf, dass Conny ihrer Bitte entspricht.

Dann zieht sie ihr die kurze Sporthose aus. Die Studentin grinst.

»Was tun wir denn jetzt?«, erkundigt sie sich.

Hilde lächelt:

»Du bist ja schon ganz feucht.«

»Oh ja.«

Die Alte beginnt sie zu lecken. Nur ganz kurz lässt sie ihre Zunge an die Schamlippen der jungen Frau anstoßen. Bei jeder Berührung beginnt diese sehr gefühlvoll zu stöhnen.

»Komm, mach schon. Leck mich richtig!«, fleht Conny.

»Moment, nicht so schnell!«, entgegnet Hilde schelmig.

Mit ihrer linken Hand greift sie nun nach der vorderen Unterleibsöffnung, während sie sich mit ihrem Kopf dem des Mädchens nähert. Sie küssen sich wieder, als Hilde einen Finger in Conny einführt. Immer wieder bewegt sie diesen rein und raus, hin und her. Conny ihrerseits öffnet nun den BH der anderen Frau und befreit so auch die zweite Brust von dem Dessous. Mit beiden Händen greift sie nach den zwei riesigen Hügeln und spielt mit ihnen. Sie reibt sie, drückt sie aneinander, greift nach den Nippeln, zieht daran und bewegt die Dinger. Dann zieht Hilde ihren Finger aus der rasierten Pussy. Dieser ist ganz schleimig.

»Hast du das schon mal im Maul gehabt?«, fragt sie und hält Conny den Finger vor den Mund.

»Das schmeckt gut.«, fährt sie fort.

»Dann leck es doch sauber.«, haucht die Studentin, greift nach dem Glied und hält es ihr vor die Lippen.

Hilde öffnet diese nun, führt den Finger ein und saugt daran. Als dies geschehen ist, nimmt sie ihn wieder heraus, sieht ihn an, führt ihn erneut in ihren Mund ein und leckt diesen ein weiteres Mal ab. Dann lächelt sie die junge Frau an:

»Willst du nicht auch mal meine Muschi lecken?«

»Ich würde viel lieber mal deinen Po lecken!«, erwidert sie.

Hilde steht auf, zieht ihre Hose aus und als sie diese gen Boden gleiten lässt, rutscht ihr gewaltiger, faltiger Bauch ein gutes Stück nach unten.

»Komm, wir tauschen die Plätze.«, schlägt die Alte vor.

Conny steht auf und die andere kniet sich auf das Möbel. Der gewaltige Hintern der Frau ist fast viermal so breit, wie der Kopf der Studentin. Sie drückt die beiden Backen auseinander und beginnt die Analöffnung zu lecken.

»Wie schmeckt`s dir denn?«, erkundigt sich die Frau, während sie sich selbst mit zwei Fingern die Muschi reibt.

»Es schmeckt herrlich!«, erklärt Conny.

Kurz darauf fährt sie mit einem Finger in den Po hinein. Hilde stöhnt.

»Nimm noch einen zweiten Finger hinzu«.

Conny tut es. Sie bewegt ihre beiden, kleinen Fingerchen im Po hin und her, während sich Hilde ihrerseits mit den eigenen im vorderen Teil ihres Körpers verwöhnt. Hildes Laute werden immer intensiver.

»Du bist ein geiles Luder, du bist ein richtig geiles Luder.«, sagt sie immer wieder.

»Ich hätte da noch eine Gurke im Gemüsefach.«, erklärt die Studentin, »Soll ich die mal holen gehen?«

»Oh ja, das wäre so geil.«, entgegnet die 60-jährige.

»Okay, ich komme gleich wieder.«

»Moment bitte noch! Mach es mir vorher noch zu Ende!«, fleht Hilde.

Conny tut es.

»Oh, ja - ja – ja.«, kommt es ihr lustvoll aus dem Mund.

Immer schneller bewegt die Studentin ihre Finger rein und raus. Hilde steckt sich nun die ganze Hand in ihr feuchtes Paradies. So etwas hatte Conny vorher noch nicht erlebt.

»Boah, bist du eine geile Schnecke!«, sagt sie begeistert.

Hilde schwebt bereits im siebten Himmel und geht gar nicht mehr auf diese Bemerkung ein.

»Schneller, schneller, ja, ja, hör nicht auf!«, stößt sie aus.

»Komm schon du kleine, geile Schnalle. Finger mich!«

»Ja, ich mach`s dir. Jetzt komm schon, du ...«.

Langsam überkommt es Hilde, die ihren massigen Körper nun vor Erregung hin und her schleudert. Es fällt der kleinen Conny schwer ihre Finger im Spiel zu lassen. Dann hat die 60-jährige Mutter ihren Höhepunkt erreicht. Ganz laut schreit sie ihre Lust heraus. Noch nie hat die Studentin jemanden so aus sich rausgehen gehört, wie diese alte, mollige Dame.

Als sie ihren Orgasmus hinter sich gebracht hat, legt sie ihren Kopf, sichtlich außer Puste und erschöpft, gegen die Lehne der Couch. Conny dreht die Dicke um.

»Hui, war das geil!«, schnauft Hilde erschöpft, als sich Conny auf den Schoß der Frau setzt und ihr übers schweißbedeckte Gesicht fährt. Die 18-jährige greift nach ihrem Top und wischt Hilde damit über den hochroten Kopf. Als das Kleidungsstück die Nase der rothaarigen Frau erreicht, nimmt sie einen tiefen Zug.

»Du riechst so gut, Conny!«, lobt sie.

Die Studentin entfernt das weiße Oberteil nun und legt es wieder auf den Boden. Sie sieht Hilde tief in die Augen. Sie küssen sich. Sehr intensiv und lange spielen die beiden Zungen der Frauen miteinander. Conny umarmt ihre Partnerin und drückt sich ganz fest an sie.

»Und was ist nun mit der Gurke?«

Hilde sieht die junge Frau einen Moment lang an.

»Mit der werden wir uns jetzt beschäftigen. Ich bin noch lange nicht fertig.«, fährt die Dicke fort.

Als Conny aufsteht, gibt ihr Hilde einen leichten Schlag auf den Po. Dann begibt sie sich in die Küche. Dort angekommen öffnet sie den Kühlschrank und nimmt eine Gurke heraus, die gut einen halben Meter lang und etwa zehn Zentimeter dick ist.

»Die ist ganz schön kalt!«, bemerkt die 18-jährige, als sie wieder bei ihrem Gast ankommt.

»Das haben wir gleich.«, sagt Hilde, nimmt der jungen Frau das Gemüse aus der Hand, trägt es wieder in die Küche zurück und hält es unter den Wasserhahn am Spülbecken.

»Hast du irgendwo Öl oder so was?«, erkundigt sie sich.

»Unter der Spüle, warum?«

»Das wirst du schon sehen.«

Sie nimmt es heraus und reibt sich die Hände damit ein.

»Leg dich mal da auf den Küchentisch und mach die Beine breit!«, fordert die Mutter.

Conny tut wie gewünscht. Nun nimmt Hilde ihre, mit dem Öl verschmierten, Hände und führt vier Finger in Connys Scheide ein. Diese beginnt lustvoll zu stöhnen. Siebenmal reibt die Alte durch die Muschi der Studentin. Dann nimmt sie ihre Glieder wieder heraus und greift nach der Gurke. Hier lässt sie nun ebenfalls etwas von dem Öl darüberlaufen. Als Conny dies sieht, bekommt sie strahlende Augen.

»Du willst doch nicht etwa ...«, beginnt sie mit einem breiten Grinsen im Gesicht.

»Doch, das will ich.«, entgegnet Hilde ebenso glücklich blickend.

»Leg dich hin.«, fordert die Mutter.

Jetzt nimmt sie das Gemüse und ganz langsam steckt sie es in die Vagina der jungen Frau. Sofort beginnt diese Laut zu stöhnen.

»Hat es dir schon mal jemand so gemacht?«

»Nein, so ... hat es mir ... noch niemals ... einer besorgt«, sagt sie immer wieder mit kleinen Pausen, um ihren Emotionen freien Lauf lassen zu können.

»Tiefer!«, fordert die Studentin.

Immer wieder fährt Hilde mit dem grünen Lustspender hin und her. Zusätzlich beginnt sie das Naturgewächs zu drehen und Conny wird immer lauter. Hilde, die vor der Kleinen aufrecht steht, wird bei dem Anblick des Teenagers schon wieder ganz feucht zwischen den Beinen. Conny ist nun so erregt, dass sie mit ihren beiden Händen ebenfalls nach der Gurke greift, um Hilde bei der Geschwindigkeitsregulierung zu helfen. Die alte Frau spürt nun, wie sie erneut richtig geil wird. Conny schreit ihre Lust voll raus.

»Ja mach, Kleines, schrei es raus!«, feuert sie die Dunkelhaarige an.

»Ja, ja, mach weiter!«, fordert diese.

Dann hat Hilde eine Idee.

»Warte mal kurz.«, unterbricht sie die Aktion.

Hilde steigt nun ebenfalls auf den Tisch.

»Komm mal näher an mich heran.«, fordert sie von Conny.

Die beiden liegen nun quasi Vagina an Vagina. Dann führt sich die Alte das andere Ende des Gemüses in ihr Loch ein und bewegt es mit ihrer Hand immer wieder hin und her. Dabei sehen sich die beiden Frauen tief in die Augen und brüllen sich ihre Lust gegenseitig ins Gesicht.

Es dauert nun nicht mehr lange, bis beide in einer Welle von Orgasmen versinken. Sie schreien sich gegenseitig an, als es sie überkommt. Immer schneller wird das Gemüse bewegt.

Je lauter sie stöhnen, umso intensiver wird das Gefühl bei beiden. Dann passiert es. Sie haben ihr Wunschziel erreicht. Beide kommen zur selben Zeit zu ihrem Höhepunkt. In einem gigantischen Lustschrei beenden die nackten Frauen dieses geile Sexspiel. Sie sinken beide mit dem Rücken auf die Tischplatte und bleiben erschöpft, und nach Luft ringend, liegen.

III. Die Professorin

Wir befinden uns an einer Universität irgendwo in Rheinland-Pfalz. Gerade ist die letzte Juraklausur des 9. Semesters, eine Strafrechtklausur, geschrieben worden, die über die Zulassung einiger Studenten zum Staatsexamen entscheidet. Zwei der Studentinnen, bei denen es hier um Alles oder Nichts ging, sind Alexa und Jenny. Beide stehen im Moment auf der Kippe und müssen jetzt mindestens eine 2,3 geschrieben haben, um die Zulassung für das Staatsexamen zu erhalten. Dementsprechend erleichtert sind die beiden jungen Frauen als sie die Klausur, mit einem positiven Gefühl, hinter sich gebracht haben.

Alexa und Jenny begeben sich zur Toilette.

»Wie war es denn bei dir?«, fragt Jenny ihre 1,75 Meter große, etwa 60 Kilogramm schwere, blonde Freundin. Jenny hat ebenso, wie die andere, lange, blonde Haare, die fast bis zur Gürtellinie herunterreichen.

Außerdem haben beide wunderschöne, blaugrüne Augen. Jenny ist etwa 1,70 Meter hoch und wiegt nur etwa 55 Kilo.

»Es könnte gelangt haben.«, erwidert Alexa.

»Und wie war`s bei dir?«

»Ich bin mir auch relativ sicher. Nur schade, dass wir jetzt noch gut sechs Wochen auf das Ergebnis warten müssen. Die Warterei macht mich bestimmt verrückt.«

»Ja, ja, das ist immer das Schlimmste!«, bestätigt Alexa.

»Na ja, die Zeit wird es zeigen«, fährt sie fort.

Nun betreten die Studentinnen eine der Toilettenkabinen.

»Ich mach zuerst.«, erklärt Jenny, öffnet ihre enge, blaue Jeans und als sie diese nach unten zieht, geht ihr weißer Stringtanga gleich mit runter.

»Du bist ja rasiert!«, bemerkt Alexa erschrocken.

»Also, wo du immer direkt hinsiehst!«, empört sich die Kommilitonin.

»Wann hast du das denn gemacht? Und vor allem warum?«

»Vorgestern hab mich dazu entschlossen. Tommy wollte, dass ich das mal mache. Er meint das sähe sexy aus.«, erklärt sie.

»Patrick will auch, dass ich das mache, aber nur weil er der Meinung ist, dass es da unten weniger riechen würde, wenn ich mir die Haare abrasiere.«

»Das ist ja sehr gefühlvoll von deinem lieben Patrick. Also ich würde diesem Idioten an deiner Stelle sofort den Laufpass geben. Das musst du dir echt nicht gefallen lassen, Alex!«

»Würde ich ja auch nicht.«, verteidigt sie sich, »Aber es gibt da ein, zwei Dinge (ein breites Grinsen entsteht auf ihrem Gesicht) in denen er einfach unschlagbar ist.«

Jenny sitzt nun auf der Schüssel und beginnt ihr kleines Geschäftchen zu verrichten.

»Zeig mir mal deine Pussy!«, fordert sie lächelnd von der vor ihr stehenden Alex. Diese öffnet ihre enge, schwarze Jeans und als sie diese runterzieht bemerkt Jenny, dass ihre Freundin gar kein Höschen trägt.

»Also, das ist ja wohl die Höhe, Fräulein!«, empört sich die pinkelnde Studentin.

»Du bist mir ja eine kleine Sau! Du trägst ja gar kein Höschen!«

In diesem Moment bemerken die beiden, wie sich die Tür für die Mädchentoilette schließt. Dann können sie Schritte hören.

»Na und!?«, erwidert Alexa ungeniert, »Vielleicht kommt man ja mal in eine Situation, in der es schnell gehen muss und dann bin ich froh, wenn ich nix darunter trage. Außerdem sage ich ja auch nix, dass du deine Doppel-D Dinger einfach so, ohne BH, der Schwerkraft überlässt, oder!?«

»Da kann ja auch nix passieren, oder?«

»Und wie war das letzte Woche? Als es plötzlich anfing Bindfäden zu gießen? Da gab es kaum etwas, was man nicht gesehen hat! Deine spitzen Nippel ragten ja gut so ein Stück (sie zeigt übertriebene 35 Zentimeter) in die Welt hinaus.«

»Tja, wenn man es hat, kann man es ja auch zeigen. Wir können ja nicht alle mit einem A-Körbchen rumlaufen, oder?«, entgegnet Jenny schnippig.

»Ooh! Also, das ist ja!«

»Reg` dich nicht auf, Alex. Dafür kann bei mir keiner kommen und dass da machen!«

Während Jenny dies sagt, streckt sie ihren Zeigefinger aus und reibt damit über die Muschi ihrer stehenden Freundin.

»Was machst du denn da?«

»Das war eine spontane Eingebung!«

»Du bist mir ja vielleicht ein verrücktes Huhn.«, erwidert Jenny kichernd.

»Jetzt lass mich mal sitzen, ich muss auch mal ganz dringend.«

»Moment.«, fordert Jenny, steht auf und betätigt die Spülung.

»Hast du schon mal im Stehen gepinkelt?« fragt sie Alex.

»Nö – du?«

»Ja, ich hatte aber Probleme mit dem Zielen.«

»Tja, riesige Titten aber sonst nix auf dem Kasten!«, revangiert sich Alex für die Spitze von eben.

»Na dann mach du es doch mal besser!«, sagt Jenny und zeigt hinter Alex stehend auf die Schüssel.

»Na gut, du wirst schon sehen.«

Sie stellt sich ganz nah an die Toilette ran.

»Du wirst schon sehen.«

»Du solltest deine Hose lieber ganz ausziehen, falls dir etwas das Bein runterläuft, Miss "Ich-bin-ein-Profi-im-stehend-pinkeln".«, hilft Jenny ihrer Kommilitonin.

»Da iss was dran.«, gibt sich diese gelehrig und zieht ihre Schuhe, Strümpfe und Hose aus.

»Jetzt aber!«

Jenny sieht ihr von hinten rechts über die Schulter.

»Konzentrier dich, konzentrier dich, damit dir ja kein Tropfen daneben geht! Konzentration!«, äußert Jennifer und massiert ihrer Freundin dabei die Schultern.

»Ja, ja, es kommt ja schon.«

»Das sieht ja vom Ansatz her ganz gut aus.« lobt Jenny fachmännisch.

»Konzentrier dich! Konzentration!«, sagt sie erneut.

»Ha! Es klappt! Ich kann es!«, sagt Alexa, während ein starker, gelber Strahl genau in die Mitte der Schüssel läuft.

Doch nun greift Jenny der Urinierenden mit beiden Händen an den Po. Alex erschreckt sich, macht einen Satz nach vorne und schreit:

»Bleib mir von meinem Arsch weg, du alte Lesbe!«

Jetzt klopft es von außen an die Toilettentür.

»Was ist denn da drin los?«, fragt eine Frauenstimme vor der Toilettenkabine. Die beiden Studentinnen erschrecken. Sie sehen sich entsetzt an.

»Oh! Das ist ja die …«, sagt Jenny nervös.

»Ja, das ist sie!«, bestätigt Alexa.

Die Frau vor der Toilette ist die Strafrechtprofessorin, die schon die ganze Zeit vor der Tür stand, und den ganzen Quatsch ihrer Studentinnen mit angehört hat.

»Öffnen Sie sofort die Tür, meine Damen!«

Jenny ist so aufgeregt, dass sie dies umgehend tut, und als die Lehrerin einen Einblick in die Kabine erhält, sieht sie die Hose, Strümpfe und Schuhe von Alexa, neben der Toilette, auf dem Boden liegen.

»Was sollte denn das hier werden, meine Damen?«, fragt Frau Professor Jung, so ist der Name der Dame.

»Äh … ähm.«, äußern die beiden gleichzeitig.

»Sie glauben wohl, dass das hier eine Sexanstalt ist, was!?
Und wo haben Sie überhaupt Ihre Unterwäsche, Fräulein
Schneider?«, fragt sie Alexa.

»Die trägt keine, Frau Professor Jung.«, klärt Jennifer die 41-
jährige auf.

Diese sieht nun empört zu ihrer Studentin, die verschämt
unter sich blickt.

»Sie ziehen sich sofort an und kommen mit mir in mein
Büro! Sofort!«, befiehlt sie in einem strengen Ton, schließt
die Tür wieder und wartet.

»Siehste, ich habe es dir doch gesagt, dass du mit deiner
Freizügigkeit noch mal Ärger bekommst!«

Alexa schenkt dieser Aussage keine weitere Beachtung. Sie
zieht sich an und dann gehen die beiden 24-jährigen mit
Frau Professor Jung, in deren Büro.

»Schließen Sie bitte die Tür, Fräulein Schneider. Setzen Sie
sich beide dahin!«, befiehlt Frau Jung und zeigt auf die
beiden Stühle, welche vor ihrem Pult stehen.

Sie selbst setzt sich auf den Tisch.

»Nun, was haben Sie zu Ihrer Verteidigung zu sagen, meine
Damen?«

Beide sehen verschämt unter sich.

»Wir haben doch bloß etwas rumgealbert, Frau Professor
Jung.«, sagt Alexa leise.

»Ja!«, bestätigt Jenny, »Wir standen so unter Stress wegen
der Klausur und da waren wir froh es endlich hinter uns
gebracht zu haben.«

»Na ja, ob Sie es hinter sich gebracht haben, muss sich ja erst noch zeigen, meine Damen!«, unterbricht die Professorin Jennifers Ausführungen.

»Wenn ich mir Ihre Noten so ansehe, sind Sie alles andere als souverän in meinem Fach. Also, was sollte das da eben auf der Toilette werden? Wollten die beiden Damen etwa Geschlechtsverkehr praktizieren?«, fragt die Pädagogin und setzt sich nun breitbeinig vor ihre Studentinnen.

»Wo denken Sie hin, Frau Professor Jung!? Wir sind doch keine Lesben!«, empört sich Jenny.

»Und wieso hat Sie das Fräulein Schneider als eine solche bezeichnet, Fräulein Müller? Und überhaupt, was ist denn das für eine Einstellung? Haben sie etwa Vorurteile gegen gleichgeschlechtlichen Verkehr zwischen Frauen?«

Die beiden Studis sehen sich fragend an.

»Sehen Sie mich gefälligst an, wenn ich mit Ihnen rede, meine Damen!«, befiehlt Frau Jung und zieht ihren beigen Rock soweit hoch, dass die beiden Mädchen ihr weißes Höschen sehen können.

Beide reißen ihre Augen weit auf und sehen die Professorin fragend an.

»Für das, was Sie da eben getan haben, kann ich Sie von der Uni verweisen lassen, meine Damen! Wollen Sie das etwa?«

Beide schweigen.

»Außerdem ...«, fährt sie fort und greift sich die Klausuren der beiden Studentinnen, »... sieht es hier auch nicht gerade gut für Sie aus. Was wollen wir denn da nun tun?«

Schweigen im Raum.

»Nun, was ist? Machen Sie mal einen Vorschlag, meine Damen.«

Alexa steht auf, berührt zart den Oberschenkel der Professorin und nähert sich langsam dem Gesicht derselben. Kurz bevor ihre Lippen, die von Frau Jung berühren, stoppt sie. Die 24-jährige sieht ihr in die grünen Augen und nach kurzem Zögern gibt sie ihr einen Kuss.

»Sie begreifen aber schnell, Fräulein Schneider.«, freut sich die Geküsste und steckt ihre Zunge tief in den Mund ihrer Studentin.

Auch Jenny sieht keinen anderen Ausweg aus Ihrer Situation und kniet sich vor das linke Bein der 41-jährigen Blondine. Sie küsst dieses viermal und dann beginnt sie das Schienbein der Pädagogin zu lecken.

»Ich glaube, dass wir uns noch heute auf eine gemeinsame Lösung einigen werden.«, haucht Jung erregt.

Sie fährt Jenny durch die Haare und küsst Alex weiter. Dann öffnet sie ihre hellbraune Bluse.

»Spielt mit meinen Brüsten!«, fordert die Professorin.

Sie tun es. Jenny öffnet den Büstenhalter, und dann beginnen sie an den Nippeln der Frau zu saugen. Jenny links und Alexa rechts. Jung beginnt zu stöhnen. Sie streckt ihren Kopf nach hinten und schüttelt ihre Mähne aus. Noch nie zuvor hatten die beiden jungen Frauen ihre Lehrerin ohne Pferdeschwanz gesehen. Jenny unterbricht ihre Liebkosung.

»Sie haben wunderschöne Haare, Frau Professor.«

»Danke, Jennifer. Und du hast wunderschöne, große Brüste. Mit denen würde ich gerne mal über deine Noten sprechen.«, sagt sie verschmitzt grinsend.

Während Alexa weiter abwechselnd an den Brüsten der Professorin herummacht, zieht Jenny ihr Oberteil aus und ihre Brüste schwingen in der Luft herum.

»Sind das geile Hügel!«, äußert die Lehrerin. »Komm näher! Ich will sie in den Mund nehmen.«

Die beiden jungen Frauen organisieren sich so, dass Alexa nun die Muschi der Pädagogin leckt und Jenny breitbeinig über ihr steht, damit die Strafrechtsgelehrte ihre beiden besten Stücke mit dem Mund berühren kann. Gierig bearbeitet Jung die rechte Brustwarze der Studentin mit der Zunge und beginnt sie zu lecken. Gleichzeitig spielt Alexa brav weiter an der Spalte der Frau.

Jenny beginnt nun ebenfalls damit, sich unten herum zu befingern, indem sie in ihren weißen Tanga greift.

So geht das nun eine ganze Weile.

Dann sagt die Lehrerin:

»Ich will dich jetzt auch mal streicheln, Jennifer.«

»Aber sicher doch.«, erwidert diese erregt.

Sie zieht ihren schmalen Slip aus und die andere nimmt ihn ihr aus der Hand. Mit beiden Händen greift Frau Jung nach dem Kleidungsstück und wollüstig hält sie es sich an die Nase und atmet tief ein:

»Du riechst gut!«, bemerkt sie.

»Vielen Dank!«, äußert die 24-jährige.

Alexa ist mittlerweile ebenfalls komplett nackt. Jenny und die Lehrerin küssen sich und die ältere Frau steckt einen ihrer Finger der rechten Hand in Jennys Spalte. Ihre Kommilitonin ist weiterhin mit der Vagina der Pädagogin beschäftigt.

»Achtung!«, bemerkt die 41-jährige kurz und dann läuft Alex ein warmer, gelber Strahl in den Mund und über den Körper.

Die junge Frau genießt die Flüssigkeit auf ihrem Body.

»Das wollte ich schon immer mal tun.«, gesteht sie zufrieden.

Jenny sieht fasziniert nach unten. Auch ihr laufen nun ein paar Tropfen aus dem Körper und Alexa nimmt auch den Urin ihrer Freundin lustvoll auf.

Alex ist mittlerweile so erregt, dass sie es sich selbst mit zwei Fingern besorgt.

»Was halten Sie von Stellung „69"?«, fragt Jung das Fräulein Müller.

»Gerne! Und wo?«, erkundigt sich dieses.

»Auf dem Pult natürlich!«

Die Lehrerin legt sich mit dem Rücken auf den Tisch, Jenny streckt ihr ihre Lustzone entgegen und legt sich mit ihrem Bauch auf den der reifen Pädagogin. Sofort beginnt die Studentin mit der Liebkosung der anderen Frau. Bevor sich Jung nun dem Unterleib der Schülerin hingibt, öffnet sie eine Schublade ihres Pultes und nimmt einen etwa 25 Zentimeter langen Vibrator heraus.

»Steck ihn dir in deine geile Fotze und mach es dir hier vor mir selbst!«, sagt sie zu Alexa.

Diese nimmt den Luststab in den Mund und feuchtet diesen an. Nun beginnt die Lehrerin Jennys Muschi zu lecken. Immer wieder dreht sie ihren Kopf dabei zu der anderen rüber. Es macht sie total geil zu sehen, wie sie es sich vor ihr stehend besorgt. Alexa bewegt den Luststab nun immer schneller. Dabei verdreht sie die Augen und beißt sich auf die Lippen, damit sie ihre Erregung nicht lauthals rausschreien muss. Jenny ist nun soweit der Lehrerin drei Finger ins Heiligste zu schieben. Sofort beginnt diese noch intensivere Laute des Glücks von sich zu geben.

»Nimm noch einen Finger dazu!«, fordert sie. »Beug dich noch etwas weiter runter, damit ich deine dicken Dinger ganz auf mir draufliegen habe!«, befiehlt sie weiter.

Jenny gehorcht.

»Ich muss auch wieder pissen!«, stöhnt Alex, nimmt den Vibrator aus sich heraus, hält ihn unter sich und lässt ihren Urin darüber laufen.

Das erregt die Professorin noch mehr.

»Los steck mir deine ganze Hand in meine geile Fotze!«, fordert sie von Jenny und gibt ihr dabei zwei leichte Hiebe auf den Po.

Währenddessen strullt Alexa, was das Zeug hält.

»Das macht mich so scharf! Ihr seit zwei richtig versaute Schlampen!«, lobt die 41-jährige.

Jenny ist mittlerweile mit der kompletten Hand in der Pädagogin.

»Na, macht Sie das an?«, fragt sie Frau Jung.

»Oh ja, das ist herrlich, du bist richtig gut.«, erwidert sie.

Nachdem nun die letzten Tropfen aus Alexa herauslaufen fordert die Pädagogin:

»Bring mir den Dildo und dann legt dich in deine Pisse auf dem Boden!«

Sie gehorcht.

Mit verdrehten Augen steckt die 41-jährige den Vibrator in ihren Mund, saugt daran und leckt ihn sauber, während die Spenderin sich in ihrem Eigenurin räkelt und dabei an sich selbst herumspielt.

»Nun werde ich dir den Dildo in deine geile Fotze stecken!«, kündigt die Lehrerin gegenüber Jennifer an, gibt ihr noch mal zwei leichte Schläge auf den Po und dann wandert der Luststab auch schon in sein feuchtes Ziel.

»Komm mal her!«, fordert Jenny Alexa nun auf.

Diese kommt zu ihrer Freundin.

»Mach du mal weiter.«, bittet sie und Alex steckt ihre Hand in die Lustzone der Lehrerin.

Diese besorgt es Jenny nun, wie sie es noch nie erlebt hat. Mit ihrer freien Hand führt sie zwei Finger in das enge Poloch der Studentin. Dabei stöhnt die 41-jährige vor Lust. Immer schneller wird ihre Atmung und sie keucht quasi mit Jenny um die Wette. Sie scheinen sich regelrecht hoch zu schaukeln.

Damit das Ganze nicht zu laut wird, küsst Alexa ihre Freundin mit der Zunge.

Jenny ist nun kurz vor ihrem Höhepunkt. Dieser kündigt sich so gewaltig an, dass sich die 24-jährige auf den Körper der Lehrerin presst, ohne sich mit den Armen abzustützen. Immer schneller keucht sie, immer schneller bewegt sie ihre Zunge und immer lauter wird auch die Professorin. Dann kommt Jenny. Ihr kompletter Körper erbebt, als sie von der 41-jährigen mittels Vibrator und Finger zu einem der intensivsten Höhepunkte gebracht wird, die sie bis dato erlebt hat. Und auch die Lehrerin ist soweit. Beiden ist nun alles egal. Es ist egal, ob sie jemand hört oder jemand an der Tür klopfen könnte. Frau Jung hält es nicht mehr ruhig auf dem Tisch, als Alexas Hand ihr Innerstes vibrieren lässt. Sie schiebt den Luststab fest in Jennys Scheide und nimmt die Finger aus dem Heckteil der Studentin. Sie greift mit beiden Händen nach dem eingeführten Arm und zappelt wild mit ihrem Unterleib. Der Orgasmus scheint gar nicht mehr zu enden. Immer wieder zuckt die 41-jährige von Neuem und schreit ihre Lust lauthals heraus.

Dann lässt sie den leicht angehobenen Unterleib erschöpft auf das Pult knallen.

»Seit ihr gut, Mädels!«, schnauft sie völlig außer Puste.

Jetzt nähern sich Jenny und Alexa dem Gesicht der Frau. Die eine von links und die andere von rechts. Jung strahlt über beide Ohren und streichelt den zwei Studentinnen über deren Wangen. Jenny fasst die rechte Brust der Frau an und gibt ihr nochmals einen Zungenkuss, während Alexa mit ihrer Zunge die linke Wange der 41-jährigen abschleckt.

»Ihr seit gute Studentinnen!«, lobt Frau Jung. »Ich glaube ihr habt euch eine 1,0 für diese Arbeit verdient«. Daraufhin sehen sich die beiden Mädchen freudestrahlend an.

IV. Vorschau:
Meine Herrn und ich – Die erotische Erzählung 2

[...] ALS ICH UM KURZ NACH ZWEI NACH HAUSE GING, KAUFTE ICH MIR EINEN KEBAB ZUM MITTAGESSEN. ZEHN MINUTEN SPÄTER WAR ICH ENDLICH DAHEIM, GING DUSCHEN UND SETZTE MICH VOR DEN FERNSEHER.

MICHAEL WAR NOCH AN DER UNI, SODASS ICH DIE GANZE WOHNUNG FÜR MICH ALLEINE HATTE, WAS MICH DAZU BRACHTE, MICH NACKT INS WOHNZIMMER, AUF UNSERE SCHWARZE LEDERCOUCH, ZU SETZEN, DIE BALKONTÜR ZU ÖFFNEN UND MIR DIE WARME, SANFTE BRISE, DIE DURCH DIE ÖFFNUNG HINEINWEHTE, ÜBER MEINEN KÖRPER GLEITEN ZU LASSEN.

NACH EINER WEILE WURDEN MEINE BRUSTWARZEN HART, ICH BEKAM EINE GÄNSEHAUT, UND EIN LEICHTES GEFÜHL DER ERREGUNG KAM IN MIR AUF.

DIESE EMOTION WURDE DANN NOCH VERSTÄRKT, ALS ICH MITBEKAM, DASS MICH DER ÄLTERE HERR, DER IM NACHBARHAUS WOHNTE, BEOBACHTETE. ICH SAH ZU IHM RÜBER UND ER WINKTE MIR. EIGENTLICH HATTE ICH ERWARTET, DASS ER SICH VERSCHÄMT ZUR SEITE DREHT, ODER GAR AUFSTEHT UND WEGGEHT. ABER EIN MANN IN SEINEM ALTER WAR WOHL SCHON SO ABGEBRÜHT, DASS ER KEINERLEI ANSTALTEN MACHTE, MICH IN DEN GLAUBEN ZU VERSETZEN, DASS ER MICH NICHT ANGAFFTE. GANZ IM GEGENTEIL. NACHDEM ER NUN WUSSTE, DASS ICH WUSSTE, DASS ER MICH ANSIEHT, NAHM ER SEIN FERNGLAS HERVOR UND BETRACHTETE MICH GENAUER.

ICH VERSUCHTE IHN NICHT ZU BEACHTEN, MUSSTE ABER GLEICHZEITIG FESTSTELLEN, DASS MICH DIESE SITUATION SEHR ERREGTE.

EINE WEILE NOCH BEOBACHTETE ICH DEN ETWA 40-JÄHRIGEN MANN IN MEINEN AUGENWINKELN, BEVOR MICH MEINE ERREGUNG ÜBERMANNTE.

ZUERST NAHM ICH EINEN FINGER IN DEN MUND UND FEUCHTETE IHN AN. DANACH FÜHRTE ICH IHN ZWISCHEN MEINE SCHENKEL UND FING AN IHN HIN UND HER ZU BEWEGEN.

ALS ICH MICH BALD DARAUF MIT GESPREIZTEN BEINEN ZU MEINEM ZUSEHER HINDREHTE UND MIT DER SELBSTBEFRIEDIGUNG FORTFUHR, ZEIGTE ER MIR SEINEN AUSGESTRECKTEN DAUMEN, ALS ZEICHEN DER BEFÜRWORTUNG MEINES VERHALTENS.

DA MIR DER FINGER ABER SCHNELL ZU LANGWEILIG WURDE, STAND ICH AUF UND GAB MEINEM NACHBARN EIN ZEICHEN, DASS ICH GLEICH WIEDER DA SEIN WERDE. ICH GING IN MEIN ZIMMER UND HOLTE EIN PAAR SPIELSACHEN AUS MEINER SPEZIELLEN SCHUBLADE.

NACHDEM ICH ETWA ZWEI MINUTEN GEKRAMT HATTE, KAM ICH WIEDER ZURÜCK ZUR COUCH. ICH HATTE MEINEN LIEBLINGSDILDO FÜR HINTEN UND VORNE, MEINE HANDSCHELLEN UND MEINE BRUSTWARZENKLEMMEN GEHOLT.

ICH LEGTE DIE UTENSILIEN NUN VOR MICH AUF DAS SITZMÖBEL UND ZEIGTE MEINEM „PARTNER", WAS ICH DA ALLES HATTE.

ZUERST HIELT ICH IHM DIE KLEMMEN ENTGEGEN, DIE ER DURCH EIN BESTÄTIGENDES NICKEN FORDERTE, IN AKTION SEHEN ZU DÜRFEN.

ICH LEGTE SIE MIR AN UND ZEIGTE IHM ALS NÄCHSTES MEINE HANDSCHELLEN.

ERNEUT NICKTE ER.

NACH KURZER ÜBERLEGUNG ENTSCHIED ICH MICH DAZU, DAS FENSTER NEBEN DER BALKONTÜR ZU KIPPEN, DAS EINE ENDE DER HANDSCHELLEN AN DEM DÜNNEN FENSTERRAHMEN ZU BEFESTIGEN UND DAS ANDERE ENDE AN DER KETTE DER BRUSTWARZENKLEMMEN FESTZUMACHEN.

SO KONNTE ICH, WÄHREND ICH ES MIR MIT DEM DILDO SELBST BESORGTE, AN DER KETTE ZIEHEN UND MEINE LUST HIERDURCH NOCH WEITER STEIGERN.

SELBSTVERSTÄNDLICH WOLLTE ER NUN AUCH SEHEN, WIE ICH ES MIR MIT DEM FREUDENSTAB SELBST BESORGTE.

ICH FING DAMIT AN, DASS ICH IHN IN MEINEN MUND SCHOB UND IHN NASS MACHTE. ALS NÄCHSTES WANDERTE ER DANN ZU SEINEM BESTIMMUNGSORT. ES WAR EIN WUNDERBARES GEFÜHL, AN DEN FENSTERRAHMEN GEBUNDEN ZU SEIN, DIE WARME LUFT ZU SPÜREN, DAS ZIEHEN AN DEN BRUSTWARZEN ZU BEMERKEN UND GLEICHZEITIG VON EINEM FREMDEN MANN DABEI BEOBACHTET ZU WERDEN, WIE ICH DEM SIEBTEN HIMMEL IMMER NÄHER KAM. IMMER

LAUTER STÖHNTE ICH, IMMER SCHNELLER UND TIEFER LIEß ICH DEN STAB IN MICH EINDRINGEN. HIN UND WIEDER, WENN ICH MEINE AUGEN ÖFFNETE, DAMIT ICH MITBEKAM, WAS MEIN NACHBAR TAT, KONNTE ICH ERKENNEN, DASS AUCH ER FLEISSIG MIT SICH SPIELTE. ALLERDINGS MUSS ICH GESTEHEN, DASS NICHT ER ES GEWESEN WAR, AN DEN ICH DACHTE, WÄHREND MICH DER STAB REIZTE. ES WAR VIELMEHR EINE FANTASIE, IN DER MICH EINE VIELZAHL VON FREMDEN MÄNNERN ANFASSTE UND MICH MIT IHREN AMIGOS VERWÖHNTE. DAS EXTREMSTE DABEI WAR DIE ÖRTLICHKEIT, AN DER DIES GESCHAH. ICH STELLTE MIR VOR, DASS ICH MICH MITTEN AUF EINEM MITTELALTERLICHEN MARKTPLATZ BEFINDEN WÜRDE, VÖLLIG VERSCHMUTZT WÄRE UND DIE MÄNNER WAREN IRGENDWELCHE RITTER ODER ANDEREN DORFBEWOHNER, DIE MICH, IHRE DIRNE, NACH HERZENSLUST BENUTZTEN. ICH DACHTE DARAN, DASS SIE MICH AN ZWEI, IN HÖHE MEINER SCHULTERN BEFINDLICHEN, ÄSTEN EINES BAUMES GEBUNDEN HÄTTEN, UND DASS WIR VIELE ZUSEHER HATTEN, DIE MICH BESCHIMPFTEN UND FORDERTEN, DASS ICH UMGEHEND DEN ORT VERLASSEN MÜSSTE, WEIL ICH EINEN SCHLECHTEN EINFLUSS AUF DIE HIER WOHNENDEN MÄNNER UND JUNGEN HÄTTE. SIE SAGTEN, DASS EINE DRECKIGE DIRNE WIE ICH, IN EINER ORDENTLICHEN, CHRISTLICHEN GEMEINDE NICHTS ZU SUCHEN HÄTTE, UND DASS MAN MICH AM BESTEN AUF EINEM SCHEITERHAUFEN VERBRENNEN ODER GAR EINE KLIPPE HINUNTERSTOSSEN SOLLTE, DAMIT ICH MEINEM SCHICKSAL AUSGELIEFERT WAR.

IN MEINEM KOPF WARFEN SIE MICH NATÜRLICH KEINE SCHLUCHT HERAB. IN MEINER FANTASIE BLIEB ICH AN DEN BAUM GEFESSELT UND WURDE VON DREI HERREN BENUTZT. ICH STAND MIT DEM RÜCKEN ZU DEN ZUSEHERN UND MEIN OBERKÖRPER WAR ETWAS NACH VORNE GEBEUGT, SODASS DER MANN, DER VAGINALEN GESCHLECHTSVERKEHR MIT MIR HATTE, LEICHTER IN MICH EINDRINGEN KONNTE. DIE BEIDEN ANDEREN, ANGEZOGENEN KERLE BEFASSTEN SICH ZU BEGINN NUR MIT MEINEN BRÜSTEN, DIE SIE LECKTEN, KNETETEN UND MIT IHREN ZUNGEN UND ZÄHNEN REIZTEN. KURZ DARAUF FINGEN SIE DANN AN SICH ZU ENTKLEIDEN UND IHRE SCHLAFFEN AMIGOS ZU REIBEN. DA ES AN DIESEM BAUM ZWEI KLEINE BÄNKCHEN GAB, KONNTEN SIE ETWAS SPÄTER AUF DIESE AUFSTEIGEN UND MIR IHRE KLEINEN FREUNDE ABWECHSELND IN DEN MUND SCHIEBEN.

IN DER REALITÄT GENOSS ICH DERWEIL DEN SCHMERZ, DEN ICH MIR MIT DEN HANDSCHELLEN UND DEN KLEMMEN BEIBRINGEN KONNTE, WÄHREND SICH DER DILDO IN MEINER AUSLAUFENDEN VAGINA HIN UND HER BEWEGTE.

ES WAR EIN HERRLICHES SZENARIO, DAS MICH RELATIV RASCH EINEN GIGANTISCHEN HÖHEPUNKT ERLEBEN LIEß, DER MICH DERMASSEN SCHAFFTE, DASS ICH ERST EINMAL EINE MINUTE LANG IM TÜRRAHMEN STEHEN BLIEB, UM WIEDER ZU LUFT ZU KOMMEN.

OB MEIN GEGENÜBER EBENFALLS ZU EINEM ABSCHLUSS KAM, KANN ICH LEIDER NICHT SAGEN, DA ICH KURZ NACH MEINEM ORGASMUS ERKENNEN MUSSTE, DASS MICHAEL AUF DEM PARKPLATZ ZWISCHEN DEN BEIDEN GEBÄUDEN ANGEKOMMEN WAR, WAS BEDEUTETE, DASS ICH SCHNELLSTMÖGLICH ALLES WIEDER IN MEINEM ZIMMER VERSCHWINDEN LASSEN MUSSTE, DAMIT ER NICHT MITBEKAM, WAS HIER GERADE GESCHEHEN WAR.

SCHNELL RÄUMTE ICH ALLE SPIELSACHEN WIEDER IN MEINEN NACHTTISCH UND ERREICHTE DAS BADEZIMMER, WO ICH MICH NUN NOCH EIN WEITERES MAL DUSCHTE, GERADE IN DEM MOMENT, ALS MICHAEL DIE WOHNUNGSTÜR AUFSCHLOSS. [...]

DER ROMAN, AUS DEM DIESER TEXT STAMMT, WIRD VORAUSSICHTLICH IM WINTER 2009 ERSCHEINEN.

Bereits erschienen:

Titel: Meine Herrn und ich – Die erotische Erzählung

Seiten: 180

Preis: 13,90 Euro

ISBN: 978-3-8370-5119-3

Tag der Veröffentlichung: 16.März 2009

Klappentext:

„Ich liebe es erniedrigt, vorgeführt und zum Sex gezwungen zu werden."

Das Buch ist in zwei Abschnitte gegliedert:

1. Abschnitt

In dieser erotischen Erzählung beschreibe ich, wie meine sexuelle Neigung hervorgerufen wurde, wie ich von einem Bänker zum GV erpresst, von meinem neuen Herrn in einer Kneipe vorgeführt und von meinem Chef im Konferenzsaal dazu gezwungen wurde, mich fünf Kunden auf besondere Art zuzuwenden, damit ich meinen Job nicht verliere.

2. Abschnitt

Hier beschreibe ich, wie mein Herr mich einem älteren Ehepaar vorführt, wie ich von zwei Arbeitskollegen in einem Hotelzimmer benutzt werde, wie ich mir eine Beförderung verschaffe und das mir erste Zweifel an meinem neuen Lebenswandel kommen, die mich dazu zwingen, eine Entscheidung für oder gegen die masochistische Lebensart zu treffen.

Titel: Sudoku Profi!?

Seiten: 56

Preis: 3,99 Euro

ISBN: 978-3-8370-9863-1

Tag der Veröffentlichung: 17. August 2009

Klappentext:

80 Sudokus (besthend aus Zeichen und Symbolen) und Lösungen

Weitere interessante Bücher:

Titel: Benito Baker – The Fencing Mask Murderer

Autor: Jack Miller

Seiten: 180

Preis: 11,90 Euro

ISBN: 978-3-8370-3527-8

Tag der Veröffentlichung: 14.April 2009

Klappentext:

Am 1. Mai 1984 tötete der 8-jährige Benito seine Adoptivfamilie. Die einzige überlebende Zeugin dieses Massakers war die damals 17-jährige Samantha Wagner. Sie verständigte die Polizei und Ben wurde in eine Psychiatrie eingewiesen.
Am 30. April 2004 sollte er in eine andere Anstalt verlegt werden. Da der Hubschrauber bei einem schweren Unwetter abstürzte, kam Benito frei und machte sich auf den Weg Samantha zu töten.

Ein Blutbad ungeahnten Ausmaßes begann.

Titel: Die Galäer – Das Schwert des Hewero

Autor: Theodor Aalberger

Seiten: 156

Preis: 11,90 Euro

ISBN: 978-3-8334-9738-4

Tag der Veröffentlichung: 21.April 2009

Klappentext:

Das Königreich Galä befindet sich in großer Gefahr, denn Prinzessin Lyna, die Schwester des Königs Hyno, hat sich mit ihrer Armee von Schattenrittern auf den Weg gemacht, das Schwert des Hewero zu suchen und in ihren Besitz zu bringen. Nur, wenn sie es in ihren Händen hält, kann sie den Fluch, der auf ihr lastet, aufheben und Königin über das Reich Galä werden.
Ihr Bruder Hyno kann dies nur verhindern, wenn er das Schwert vor ihr entdeckt.
So macht auch er sich auf den Weg, das Schwert zu finden.
Begleitet wird der Herrscher von Galä hierbei von seinem Freund Hylino, dem Magier Bytho, der Kriegerin Osa, einem königlichen Seher und weiteren Kämpfern.